터널을 지나며

책 만 드 는 집　시 인 선 1 6 2

터널을 지나며

홍
사
성　시
집

책만드는집

분홍 고마리

봄이며 여름이며
그 향기롭던 시절 다 보내고

응달 한쪽에 쪼그려
장미 백합 꽃 피는 구경 하다

바람 불고 서리 내려
산도 들도 수굿수굿할 무렵

부끄럽게 얼굴 내민
겨우 핀 꽃이여, 나의 시여

－2020년 초겨울
홍사성 합장

| 차례 |

2부

3부

4부

5부

1부

불사佛事

김천 직지사는 중창불사를 하면서
부처님 법문 들을 때 올라가는 황학루를
약간 비껴 지었다고 합니다
하필 누각 지을 자리에
못생긴 개살구나무 한 그루가 있었는데
그 나무를 살리려고 그랬다 합니다
개살구나무를 베어내자는 사람 여럿이었으나
주지 스님이 고집을 부려 할 수 없이
비뚜름하게 지었다 합니다

어느 가을밤

달 밝은 가을밤 산속 암자에 도둑이 들었다

이것저것 잔뜩 훔친 도둑이 일어나지 못했다

그때, 누군가 슬쩍 지게를 밀어주며 말했다

밤길이 험하니 달빛 따라 조심해 내려가시게

진신사리

평생 쪽방에서 살던 중국집 배달원이
교통사고로 사망했습니다

고아였던 그는 도와주던 고아들 명단과
장기기증 서약서를 남겼습니다

발밑을 살피며

당나라 때 혜빈이라는 스님은
만행을 나설 때
발 디딜 곳을 미리 살펴
부드러운 빗자루로 쓴 뒤
천천히 걸어갔다 합니다

발밑을 살펴가며 걸어갔다 합니다

한 말씀

가야 할 길 멉니다
한 말씀만 일러주시지요

한눈팔지 말고 똑바로 가거라

노스님*은 오랫동안 지팡이에 기대
뒷모습 깊은 눈으로 바라보았다

개구리 울음소리 발목 감는
큰절 내려가는 꼬불꼬불 논두렁길

* 통도사 극락암에 주석하던 경봉선사.

난청

들어보셨는지

낙산 봄바다 밤마다 출렁대는 소리
여름 설악산 비바람 몰아치는 소리
포천 명성산 억새 몸 비비는 소리
청주호 살얼음 위 눈 내리는 소리
섬진강 칠백 리 강물 흘러가는 소리
순천 선암사 뒷간 똥 떨어지는 소리

그 소리가 뭐라 말하는지

부목살이

　퇴직하면 산속 깊은 암자에서 군불이나 지피는 부목살이가 꿈이었다 마당의 풀 뽑고 법당 거미줄도 걷어내며 구름처럼 한가하게 살 수 있다면 더 바랄게 없었다

　요즘 나는 신사동 어디쯤에서 돼지 꼬리에 매달린 파리 쫓는 일 하며 산다 청소하고 손님 오면 차도 끓여내는데 한 노골이 보더니 굽실거리는 눈매가 제법이라 했다

　떫은맛 조금 가시기는 했으나 아직 덜 삭았다는 뜻인 듯해 허리 더 구부리기로 했다 들개처럼 지나온 길 자꾸 뒤돌아보면 작은 공덕이나마 허사가 될 것 같아서다

선탈蟬脫

여름 한철
그악스럽게 울어대던 매미
날 추워지자
더 울지 못하고 울음 뚝, 멈추었다

땅바닥에 떨어진 시체
소리의 사리라도 됐을 줄 알았더니
개미조차 파먹을 수 없는
빈껍데기다

바람 속으로
죽은 매미 껍질 던지다 돌아보니
악다구니 쓰며 살아온 세월
참 우습다

옛날 어떤 고승은

떠날 때 되자

짐승의 먹이나 되겠다며

목욕하고 혼자 산속으로 들어갔다는데

영은암靈隱庵

솔밭 사이 바람 지나가는 소리

마루 밑에 귀뚜라미 우는 소리

창호문 위 달빛 쏟아지는 소리

빈방 가득 혼자 끓는 찻물 소리

천칠백한 번째 화두

옛사람은 궁금한 게 있으면 이렇게 했다 합니다

옥은 불에 태워 분간하고 금은 쇠로 두드려 확인하고 수심은 지팡이를 넣어 재어보고 바람은 연을 날려 살펴보고 홍시는 색깔로 맛을 보고 코끼리는 배에 실어 달아보고 귀신은 재를 깔아 찾아내고 칼날은 터럭으로 시험하고 효도는 아침저녁 문안으로 짐작하고 희로애락은 목소리로 알아보고 인품은 엽전을 주고 살펴보았다 합니다

그런데 이런저런 방법으로도 가려낼 수 없는 게 있답니다 때로는 사람을 천당으로 보냈다 지옥으로 보냈다 하는 것이랍니다

이 요상한 물건의 정체가 무엇인지 아시는지요

승부

개를 만나면 개에게 지고
돼지를 만나면 돼지에게 진다
똥을 만나면 똥에게 지고
소금을 만나면 소금에게 진다
낮고 낮아서 더 밟을 데 없을 때까지
새우젓처럼 녹아서 더 녹을 일 없을 때까지
산을 만나면 산에게 지고
강물을 만나면 강물에게 진다
꽃을 만나면 꽃에게 지고
나비를 만나면 나비에게 진다
닳고 닳아서 무릎뼈 안 보일 때까지
먼지처럼 가벼워서 콧바람에 날아갈 때까지
꽃잎 떨어져야 열매 맺듯
이기면 지고 지면 이기는 것
썩은 흙이라야 거름 되듯
무조건 진다 지고 또 지고 또 진다

썩고 문드러져서 잘난 척할 일 없을 때까지
끝까지 져서 아무도 못 이길 때까지

염화미소를 보다

서울 삼각산 삼천사 마애불님 태어나서 코가 뭉개
지도록 수행만 했을 텐데 아직 닦아야 할 무엇이 있
다는 건지 오늘도 무량무궁한 명상에 잠겨 계신다

궁금한 산새 한 마리 이저리 포르륵 날고 매미 몇
귀청 찢어지게 훼방 놓아도 종일 눈 감고 귀 닫아걸
고 묵언정진이시다

그 견고한 묵묵부답에 속 터져 돌아서려는데 뉘엇
뉘엇 석양 받아 온몸 불콰해진 마애불님 그제야 슬
쩍, 꽃을 들고 웃던 석가모니처럼 얼굴 가득 그 심심
미묘한 미소 보여주신다

속세에서 만날 속 끓이며 닦은 도가 산중에서 천
년 혼자 닦은 도보다 못할 것 없는데 무슨 말 더 들
으려 애쓰느냐며 돌아가서 닦던 도나 마저 닦으라는

얼굴이시다

   술지게미나 얻어먹는 것들의 말로 다 못 할 속사정
듣지 않는 척 다 들어주는 것 같아 미심쩍은 화두는
다음에 물어보기로 하고 오늘은 이만 마음 풀고 하
산하기로 한다

반역反譯 금강경

세상천지 어떤 것도
변하지 않는 건 없다지만

꿈같고 허깨비 같고 물거품 같고
그림자 같다지만

풀잎에 맺힌 이슬
또는 번갯불 같은 것이라지만

마땅히 이렇게 볼 줄 알아야
헛되지 않다지만

겨울밤

찬 달
하늘 높이
혼자 떠있네

그 달
창문 열고
혼자 쳐다보네

종일
기다리던 소식
끝내 없네

텅 빈
마당에
달빛만 가득하네

청우聽雨

혼자 듣는다

옛 절
마루에 앉아

시든 파초잎에
떨어지는

가을비 소리

2부

능소화

아프게 그립다던
그 말
다 헛말

한 열흘쯤 이쁘더니
기어이
뚝,

떨어진 꽃은
더 이상
꽃이 아니다

시집간 순이도
이제는
내 순이 아니다

꽃꿈

한때,
나의 사랑은
꽃보다 화려했으나
이제 꽃이 핀들 뭣 하나
그 꽃 그대와 같이 못 보는데

언제던가
어디에서던가
지천으로 핀 꽃 속에 숨어
꽃이었던 그대와 같이 보던
봄꽃,

오늘처럼 환한 봄날이면
불현듯 눈을 감는다
꿈속,
꽃길로 걸어오는
그대 모습 더 잘 보이라고

따뜻함의 힘

산수유도 꽃망울 터지기 전에는
죽은 삭정이에 불과했다

봄바람도 볕에 몸 녹이기 전에는
차가운 북풍일 뿐이었다

내 가슴도 네가 들어오기 전에는
가을걷이 끝난 벌판이었다

어느 날 천지가 이상해졌다
따뜻한 눈길 느낀 그날부터였다

코스모스

우리 반 담임선생님은
허리가 가늘고 목이 길었습니다

원피스를 즐겨 입었는데
웃을 때는 하얀 이가 참 이뻤습니다

양산을 쓰고 둑길을 걸어가면
연한 분 내음이 났습니다

그 뒤를 따라가며 나는
죄 없는 돌멩이를 걷어차곤 했습니다

겨울 산새

눈이 내린다
조용한 숲에 조용조용 내린다

하얀 나뭇가지 사이
산새 한 마리
포륵 포륵 포르륵
눈 덮인 숲길 내다보고 있다

누구를 기다리나
아무도 오지 않는 산속인데

선인장 사랑

물 너무 자주 주면 도리어 죽기 쉬워요

햇볕 잘 드는 곳에 가만 놔두는 게 가장 좋아요

꽃 피는 걸 보려면 느긋하게 기다려야 해요

예쁘다고 만지려다 가시에 찔릴 수 있어요

있는 듯 없는 듯 잊었다 생각날 때 쳐다보세요

선인장은 조심해야 오래 키울 수 있어요

동행

멀고 먼 길
마주 보며 여기까지 왔다
유라시아 대륙 가로지른 철로처럼

때로는 춥고
때로는 숨차고
때로는 미끄럽고
때로는 아득하기도 했지만
손잡고 달려온 길이라서
함께 견뎌온 길이라서
외롭지 않았다
힘들지 않았다

고맙다 미안하다
이제는 얼굴까지 닮은
남은 길 끝까지 같이 가야 할 동지여

설악산 단풍 구경

올해 설악산 단풍은 상강 지나서가 절정이었다

어떤 사내가 온 산이 불타는 듯한 그 환장할 경치를 보여주려고 아내를 휠체어에 태워 기를 쓰고 비선대까지 올라왔다

사내가 아기 손 같은 단풍잎을 따 머리에 꽂아주자 그녀는 꿈속으로 들어온 듯 열 손가락 활짝 펴 보이며 소녀처럼 웃었다

담요로 아내의 무릎을 덮어주던 사내는 내년에는 더 높은 데까지 올라가 더 기막힌 단풍 구경을 하자며 천불동을 가리켰다

그녀가 손으로 차양을 만들어 화염이 넘실대는 먼 능선을 바라보는 사이 사내는 재빨리 눈가에 흘러내

린 땀을 닦았다

　가을 양광으로 발그레 물든 두 사람 얼굴을 보던
단풍객들은 내년 단풍까지 다 구경했다며 흐뭇해하
며 내려갔다

마지막 정찬

당신 사랑 독차지해서 너무 좋아요

당뇨로 한쪽 발목 자르도록 혼자 밥 먹게 한 게 미안해 일찍 들어갔더니 날마다 식단 바꿔가며 정찬 차려내더란다

다 먹지도 못할 걸 왜 억지 고생이야

안쓰러운 마음에 핀잔 줘도 호박꽃처럼 웃기만 하더니 함박눈 쏟아지던 어느 날 그 웃음 남겨놓고 눈 감더란다

내자도 떠날 걸 알고 있었단 말이지

그런 것 같아 그래서 매일 이별 밥상을 차렸던 게 아닌가 싶어 그러니까 몇 달간은 늘 마지막 밥상을

받은 셈이지

혹시 화장실 가서 몰래 웃은 거 아녀

누가 위로랍시고 객쩍은 농담 꺼냈지만, 사내들은
술청 밖으로 고개 돌리고 술잔만 들었다 놨다 하다
일어섰다

울컥

상배한 동창이 한밤중에 전화를 했다

분명 어딘가에 있을 것만 같은 거야
동창회 갔다 늦었다며 지금이라도 돌아올 것 같은
그 여자
쭈그러진 젖 만지게 해주던 그 여자
그런데 거실에도 건넌방에도 침대에도 없는 거야
사방이 너무 조용한 거야
어둠뿐인 거야, 미치겠는 거야

돋보기 끼고 와이셔츠 단추 달던 여자는
물끄러미 창밖을 내다보고

울컥, 나도 목젖이 뜨거워졌다

그리운 질투

한때 아내의 의심을 받은 적 있다 술 한잔 마시고 늦게 들어간 날은 양주였는지 막걸리였는지 냄새 맡고 와이셔츠 벗어놓으면 지문 감식 하듯 살필 때도 있었다 여자에게 전화 오면 바늘로 찌르듯 꼬치꼬치 캐묻고 넥타이라도 선물받은 날은 아귀 맞는 설명 못 하면 잠을 잘 수 없었다

이젠 변해도 너무 변했다 자정 넘겨 들어가도 누구와 놀았는지 물어보지도 않고 명절 선물 들고 가면 비싼지 싼지로 바깥 생활 넘겨짚는다 애들도 떠났는데 늦둥이 하나 만들어 오랴, 간 큰 농담을 해도 주제 파악이나 하라며 비웃고 병들어 골골거리지 말아야 나중까지 살아주겠다 엄포다

사슴피 해구신보다 더 좋은 게 뭐라더라…?

게르만베이커리

동네 버스 정거장 앞 게르만베이커리 빵집 마누라 얼굴 빵처럼 둥글넓적한데 빵 만들 때 쓰는 이스트 넣었는지 궁둥이도 빵빵한데 오며 가며 힐끗힐끗 쳐다보면 슬쩍슬쩍 웃어주기도 하는데 그 웃음 어디서 많이 본 듯해 실없는 농담 한두 마디 건네도 괜찮겠다 싶은데

일부러 빵 몇 개 사는 척 가게에 들어갔는데 어쿠, 어깨 빵빵한 사내 버티고 있어 말도 못 붙여보고 나왔는데 그래도 빵집 마누라는 추석날 고향집 굴뚝께로 쏟아지던 노란 햇살처럼 따뜻한 걸 내줄 것 같은데

어제저녁 퇴근하다 형광등 불 들어오듯 드디어 기억이 났는데 그 웃음 내 어릴 적 업어주던 처녀 유모와 쏙 빼닮았는데 유모는 등에 오줌 싸면 까옥, 질겁하며 궁둥이 때려주었는데 아픈 척 악쓰고 울면 다

시 업어주었는데 달래주려고 웃어주기까지 했는데

  동네 빵집 마누라도 괜히 부푼 궁둥이 흔들며 왔다
갔다 하지는 않을 것 같은데 이 겨울날의 쓸쓸함에
대해 말하면 왠지 위로해 줄 것 같은데 그래서 자꾸
문밖으로 향긋한 빵 냄새 솔솔 풍긴 것 같은데 폐업
광고 붙이기 전 고향이라도 물어봤어야 했는데

아내의 애인

처음에는 장동건이었다
그러다가 배용준을 좋아하더니
다음에는 이병헌 그다음은 장혁이라 했다

한때는 장사익만 듣다가
언제부터는 민우혁으로 바꾸더니
요즘은 낮이나 밤이나 임영웅만 찾는다

그사이 옛날 남자는
애인 자리에서 밀려나
이제는 찬밥을 넘어 쉰밥 신세

사랑은 날마다 변하고 달마다 변하는 것
모든 사랑은 추억으로만 남는 것
그 말, 씹을수록 쓰다

꽃들에게

봄비 다녀간 신사동 가로수길
참았던 꽃 한꺼번에
활짝!

종아리도 예쁜
연둣빛 뺨 처녀 애들 웃음소리
아삭아삭하다

색깔도 향기도
크기도 다 다른
산수유 진달래 개나리 자목련들

잘났구나 멋지구나
오래,
더 오래 숨 막히기를

입춘 부근

앙상한 나뭇가지 끝
생바람 지나가는 풍경 차갑다
벌레 한 마리 울지 않는 침묵의 시간
물소리 오그라든
얼음장 밑
숨죽인 겨울 적막 깊다
참고 더 기다려야 한다는 듯

햇살 쏟아지는 한낮
지붕 위 헌 눈 녹는 소리 가볍다
빈 들판 헛기침하며 건너오는 당신
반가워 문 열어보니
방금 도착한 편지처럼
찬 바람도 봄이다
애태울 일 다 지나갔다는 듯

3부

산이 산에게

큰 산
작은 산이
어깨 걸고 살고 있다
작은 산은 큰 산을 병풍으로 두르고
큰 산은 작은 산을 너른 품으로 안고

꽃 필 때면
큰 산이 작은 산에게 먼저
단풍 들 때면
작은 산이 큰 산에게 먼저
애썼다 수고했다고 말없이 위로하며

언제나 그 자리에서
천만년 그렇게
큰 산은 큰 산대로
작은 산은 작은 산대로
그윽한 얼굴로 오래, 서로 오래 바라보면서

날마다 좋은 날

외출에서 돌아오니 밤손님 다녀가셨다 공룡 발자
국 같은 흔적 남겨놓았다 없어진 건 작은애 금반지
하나 다행이다 비상금 감춰둔 책은 손대지 않았으니

아내가 갑자기 큰 수술을 받았다 아닌 밤중에 날벼
락이 따로 없었다 고맙게도 곧 회복돼 호랑이도 때
려잡을 기세다 다행이다 누구는 수술받다 끝내 눈
못 떴다는데

안개 낀 날 아뿔싸 교통사고를 당했다 폐차 직전
차 공장에 넣었더니 이 정도면 중상 아니면 사망이
란다 다행이다 밥 벌어먹을 몸은 그런대로 멀쩡하니

걸어온 길 돌아보니 파란이 백천만 장이다 넘어지
고 고꾸라진 적 한두 번 아니다 팔자 사나웠으면 벌
써 절받았을 인생 정말 다행이다 아직 살아 이렇게
웃고 있으니

북경 서커스

7층 의자 쌓아놓고 한 손으로
물구나무서기

20미터 허공 외줄 그 위에서
외발자전거 타기

등허리에는 땀이 나고 자꾸
오줌이 마렵다

날마다 백척간두에 올라서는
아슬아슬한 사내

들풀

하늘 아래
가장 초라한 몸집을 가진
가장 낮은 삶을 사는
가장 질긴 목숨이다, 너는
티베트고원 그 메마른 땅에서도 돋아나고
불탄 낙산사 뒤 숲
그 숯검댕이 속에서도 얼굴을 내민다, 너는
양귀비꽃 앞에서는 고개도 못 들고
키 크고 잘난 놈만 보면 부끄러워하는
이름도 잘 모르는 무엇이지만
언제나 선지피 같은 사랑 가슴에 품은
밟혀도 꺾여도 죽지 않는 목숨이다, 너는
이 세상 끝장날지라도
누구보다 먼저 되살아나
때맞춰 작은 꽃까지 피워내는
놀라움이다, 너는

눈물이다
너는

예쁜 꽃

예쁜 얼굴 자랑하려 피는 게 아니구나

남 보기 좋으라고 피는 게 아니구나

봄 와서 몸 더워지니 못 견뎌 피는구나

꽃이든 사람이든 바위든 그 무엇이든

진짜 예쁜 것들은 나대지 않는구나

조용히, 그저 조용히 웃기만 하는구나

책 두 권

어제저녁
책 두 권 주문했는데
아침에 눈뜨니
문 앞에 도착해 있었다
젊은 택배 기사가
잠도 안 자고
밤새워 배달해 놓은 것이었다

한 건에 팔백칠십 원 받는다 했다

애감자

민들레 모가지 꺾어보면 안다
하얀 피 꾸역꾸역 쏟아내지 않더냐
목숨이란 그런 거다
개미가 왜 발바닥 부르트도록 도망가고
멧새는 왜 깃털 떨구며 날아가겠느냐
열흘 굶어 담 넘지 않을 사람 없다
오죽하면 애감자를 팠겠느냐
살자고 한 일 너무 나무라지 마라
오뉴월에 닭 잡듯 닦달하면
그 업 네 자식에게 넘어갈지 누가 아느냐
감자 몇 알 더 얹어서 보내거라
잘했다, 참 잘했다
이제야 너도 새끼 키우는 어미 같구나
감자꽃 피는 초여름이면 저 아이도
오늘 일 오래오래 잊지 못할 게다

강릉·보현사 불공 다니시던

외할머니 생각하면 떠오르는 모습입니다

모델을 위하여

걷기만 하면 되는 줄 알았더니
그게 아니었다

누군가의 모델이 되려면
모델다워야
모델이라 할 수 있다 했다

멀리 보고
똑바로 자신 있게 걸어야
그리된다 했다

인생길 런웨이도
그렇게 걸어가는 거라 했다

문밖에는 함박눈이

강원도 강릉 사는 남양홍문 문희공파 종가댁 노종
부 어느 해 정초 집안 대소사며 곳간 살림까지 다 큰
며느님께 넘겼드래요

열쇠 받은 며느님 며칠 만에 허드렛일하는 봉놋방
늙은 일꾼 고집불통에 게으르다며 밥값 못 하니 내
보내겠다 아뢨드래요

그 말에 노종부 잘난 사람이야 어디가든 살지만 못
난 사람은 품어주지 않으면 갈 데가 없다며 걱정 구
들장 꺼지게 했드래요

피마자기름 반지르르한 큰며느님 얼굴 빨개져서
강아지마냥 끙끙대는데 문밖에는 함박눈이 함박함박
자가웃 넘게 쌓였드래요

손금

재물선은 짧고
생명선은 길고
감정선은 그 중간쯤이라 한다

굵은 손금 곁에
잔금들 얽혀있으니
일마다 번뇌가 생길 거란다

점술사 말 듣다가
내밀었던 손 빼 주먹을 쥐었다
손금이 안 보인다

내 손안에 있는 내 운명

성자의 길

살아서는
논매고 밭 갈고
등짐 나르고 달구지 끌고
자식도 몇 남 몇 녀씩 낳아 기르고

죽어서는
피와 살을 내놓고
뼈는 사골국으로 끓이고
가죽은 구두와 가방 만들게 하고

부처와 예수도 걷지 않은 길
마른 눈물 참으며
혼자 걸어간 소보다 더 소 같았던

눈 뜨고 보면 절망
눈 감고 생각하면 또 그리운
아버지

심인尋人 1

젊은 시절 전국을 여행할 때 일입니다
남원 사는 친구 만나러 여수에서 기차를 탔는데
잘못 타는 바람에 벌교에 내린 적 있습니다
해는 지고 돌아갈 기차는 없고 돈은 떨어지고
꼼짝없이 노숙자 신세가 될 처지였는데
마침 딱한 사정을 알게 된 어떤 선생님이
돈은 나중에 갚으라며 주머니를 털어
여인숙에 재워주고 차표까지 끊어주셨습니다
주소와 성함을 받아두었지만
여행 중에 그만 수첩을 잃어버리고 말았습니다
이후 편지도 못 하고 돈도 갚지 못한 채
염치없이 오늘에 이르고 있습니다
그분은 벌교 무슨 고등학교 선생님이라 했습니다
약간 마른 몸매에 안경을 낀 까무잡잡한 얼굴로
키는 중키 정도 되었던 것으로 기억합니다
살아계시면 나이는 아흔이 넘었을 것 같습니다

백사장에서 바늘 찾기겠지만 혹 누가 알고 계시면
꼭 연락해 주기 바랍니다 후사하겠습니다

연락처 (02)739-5781

심인尋人 2

1971년 5월 어느 날 저녁
수유리로 가는 84번 시내버스 안
주량도 모르고 소주에 막걸리 섞어 마신
어떤 철부지 대학생이 왈칵 쏟아낸
덜 삭은 빈대떡이며 국수 가락 콩나물
그 시큼한 토사물 다 뒤집어쓰고도
다른 승객들 모두 혀 차며 난리 칠 때
정작 본인은 잠시 난처해하다가
그럴 수도 있지, 하지만 조심해야지 하며
등 두드려주고 미아리 어디쯤서 내린
감색 양복 입은 반백 초로의 신사
그분 누가 알고 계시면 연락 바랍니다

연락처 sshong4@hanmail.net

68

공양

거진 앞바다에서 죄 없이 살다 친구 대신 잡혀 와
저녁 식탁에 올라온 홍게가 먹음직스러운 속살 허옇
게 보여준다 남 위해 한 번도 자기 것 먼저 내놓은
적 없는 사람들 보란 듯이 앙가슴까지 풀어 헤치고

발바닥에 대한 예의

맨 밑바닥이라고 무시하지 마세요

발뒤꿈치만도 못하다는 말 함부로 하지 마세요

아무리 구척장사라도 발바닥 아니면 일어설 수 없
지요

상처 난 발바닥에 약 바르다 들은 한마디입니다

4부

지중해

검고
푸르구나

밤낮
파도치는구나

등대 몇
깜빡거리는

짠맛
삶의 바다

깊구나

설악산 소나무

비 오면 비를 맞는다
눈 오면 눈을 맞는다
바람 불면 바람 피하지 않는다

늘 푸른 설악산 큰 소나무

장백폭포

한 반만년쯤 울다 보면
저렇게 되나 보다

밤낮없이 울고도
더 쏟을 눈물 남았나 보다

울고 또 울어야
눈물 없는 세상 오나 보다

아직도 다 마르지 못해
쏟아지는
외줄기
눈
물

함경도 누이

지금 어떻게 살고 있을까

거라오족 회족 둥족 백족 경족 부이족 리족 고산족
키르기스족 부랑족 모남족 노족 푸미족 아창족 더앙
족 먼바족 타타르족 로바족 토가족 카자흐족 요족
위구족 수족 다우르족 토족 어원커족 몽골족 무라오
족 태족 위구르족 조선족 시버족 지노족 와족 두룽
족 이족 우즈베크족 티베트족 묘족 러시아족 보안족
나시족 오로첸족 하니족 쫭족 사라족 한족 허저족
경파족 타지크족 만족 둥샹족 라후족 리수족 강족
써족

쉰 명도 넘는 처녀들 틈에 끼어있던
웃고 있어도 눈물 사연 감춘 것 다 보이던
갸름한 얼굴에 호빵보다 따뜻한 손 가진
몸 생각 하며 드시라요, 술잔 슬쩍 쏟아버리던

조선족 행세 하며 낯선 남쪽 사내 챙겨주던
월궁항아인들 더 아름다울 수 없는
어느 전생에 내 누이가 분명했을
겨울이면 자꾸 안부 궁금해지는
상해서 만난 함경도 선천 출신 그녀

북에 두고 온 가족들과는 만났을까
이제는 시집가 아들딸 낳고 잘 살고 있을까

벽

세상천지 어디에도
무너지지 않는 벽이란 없다

베를린장벽처럼

아무리 높아도
아무리 견고해도
아무리 긴 철조망 둘렀어도

오래된 마음의 벽이라 해도, 결코

천리포수목원

숲속 나무도 살아가는 속내 각각이다

양지바른 곳에서 곧고 튼튼하게 자라는 나무
웃자랐다가 허리 꺾인 나무
바위틈에 뿌리 박고 꿋꿋하게 견뎌내는 나무
큰 나무에 가려 평생 햇볕 한 번 제대로 못 받는
나무
칡넝쿨에 감겨 숨 막혀 말라 죽는 나무

조용한 긴장 팽팽한 여름 숲
부러진 가지에 앉았다 날아가는 작은 새 한 마리
짹짹거리며 묻는다

그대는 어떤 나무인가?

진부령 편지

구불구불 구절양장의 길
숨 가쁘게 달려온 세월

땀 식히고 돌아보니
술도 안주도 꽃잎도 저 아래

갠 날은 며칠이고
궂은 날은 또 며칠이던가

이제는 좀 천천히 늙어야겠다

월동

해발 천팔백 수목한계선

영하 오십 도 달빛마저 얼어붙는 땅

새봄까지는 아직 넉 달

긴 털목도리 백두산 은여우

종일 눈밭 뒤져 찾아낸 썩은 열매

나눠 먹으며 살아간다, 이 엄동에

불심검문

언제부터 따라왔는지
손톱만 한 자벌레 한 마리

구부렸다 폈다 구부렸다 폈다

어디로 가고 있는지
허리둘레는 줄었는지 늘었는지

나 몰래 자질하고 있다

이별을 결심하다

이제 그만
헤어지란다 끝내란다
날마다 그리운 마음 참을 수 없더라도
금단의 유혹 사향보다 향기롭더라도
청평사 상사뱀 떼어내듯 떼어내란다
내년에도 올해처럼 숨 쉬고 싶다면
오래도록 붉은 가슴 들락거리던
지독했던 사랑 비겁하게 차버리고
이 세상에 없는 존재인 듯 도망치듯
영영 깨끗이 잊으란다
폐부 깊숙이 새겨진 기억까지
문신 벗겨내듯
지우란다
죄다

내 사랑 담배, 너를

홍생전

내 비록 대통령도 국회의원도 아니지만
누구처럼 떵떵거리는 부자도 못 되고
그 흔한 국민 뭐라는 별명 하나 없지만
강원도 산골 촌놈 서울 와서
취직하고 장가들고 집 한 칸 장만해서
자식 낳아 결혼시키고
늦깎이로 시인이 돼서 시집도 두 권 냈다
가끔 등산할 정도의 건강은 지키면서
술 밥 걱정은 안 하고 산다
오늘은 인사동에서 친구 만나 술 한잔 하고
세상 걱정 나라 걱정까지 하다 들어간다
대문 앞에서 문 두드리면
문 열어주는 여자도 있다
내 비록 누가 알아주지 않는
똥배 나온 대머리 사내에 지나지 않지만

무전여행

평택 어느 무당집에서 뒷일 거들며 며칠 묵은 적
있다

젖이 유난히 컸던 무당은 길 떠나는 나에게 스물여
덟과 쉰여덟을 조심하라 했다

나는 스물여덟에 어떤 여자와 연애를 시작했고 쉰
여덟에는 늦깎이 시인이 되었다

그 무당 말이 액막이 부적이었는지 풀지 못할 수수
께끼였는지는 아직 잘 모른다

터널을 지나며

터널은 어둠의 길이다

서울에서 양양까지 가는 고속도로
수도 없이 거푸 입 벌리고 있는
터널 속에서는 속도 제어가 안 된다
자동차들은 어둠에서 벗어나려고
꼬리에 불붙은 노루처럼 기를 쓰고 달린다

터널 뚫던 사내들이 그랬을 것이다
하나를 뚫으면 다시 맞대면해야 하는
막장, 그 막막한 어둠은
절망과 한숨의 은산철벽
그럴수록 어금니 악물어야 했다
땀 묻은 곡괭이질로 곰 굴 파듯 악착같이
파나가야 했다 다른 수가 없었다
그 끝, 손바닥만 한 하늘에서 쏟아지는

황금화살에 꽂힌 금빛 고슴도치가 되는
고통의 순간만이 위로였다

오늘도 늑대처럼 쫓아오다 사라지는
공룡 배 속 같은 긴 어둠의 길
백미러로 힐끔 돌아보며
사내들은 다시 액셀러레이터를 밟는다

터널은 어디에나 있지만 어디에도 없다

맷집
─어느 종쟁이의 말

무릇 종이란 맷집 좋은 게 최고여

아무리 미끈하고 덩치가 커두
쉽게 깨지면
깊고 좋은 소리 한 번 못 내고
폐기 처분 되는 법이거든
그러니께 요는,
당목撞木을 얼마나 잘 받아내게 하느냐
이게 제일 중요하다 이 말씸이지

종쟁이두 매한가지여
맷집 좋은 놈이라야 어떤 일이락두
겁 안 내고 해낼 수 있는 거여
내 말 우뗘,
이치가 그럴듯하다 싶으면 잔재주보다
맷집을 키워야 혀,

이제 알아들었어?

층층

서울 강남구 압구정로2길 60 MG타워

7층, 고급 바 펜트하우스
6층, 마케팅 브레인 그룹, 튼튼치과
5층, POOL 당구장, 서울세무회계법인
4층, PC방 시즌i
3층, 만해사상실천선양회, 월간 유심, 계간 불교평론
2층, 퓨전 요리점 바쉐, 라운지 POP,
1층, 낮술환영 만복국수집, 유쾌한접시, 오라방쭈꾸미
지하 1층, 일식집 화
지하 2층, 노래방 MOOL
지하 3층, 기계실

살다 보니 층층,
다 올라가 보고 내려가 본 곳들이다

5부

아픈 꿈을 이루다

열다섯 소년 적 내 꿈은 억지로 아파서 병원에 입원하는 것이었다 천사 같은 간호사에게 미열의 이마 맡기고 어린 외로움 위로받고 싶었다

그 꿈 오십몇 년 넘어서야 이뤘다

엊그제 전정신경염이라는 어지럼증 병으로 드디어 병원에 입원했다 딸보다 어린 간호사가 병실에 와서 걱정스러운 얼굴로 이마를 짚어주었다

기러기 날고 등 뒤로 바람 부는 저녁이었다

쉘 위 댄스

댄스 교습소 찾아갔더니
한 달에 사십오만 원이라 했다

어떤지 구경이나 해보려 한다 눙쳤더니
머리 짧은 여선생이
"춤 배울 나이 되신 것 같은데
일단 시작해 보세요" 했다

노래방 콜라텍 카바레 전단지들
비 젖은 플라타너스잎처럼 나뒹구는
가을날 오후

쓸쓸하긴 쓸쓸한 것이었다

수제비 돌 초상背像

칼보다 날카로웠다 닿기만 하면
상처를 입혔다 무뎌진 것은 뜻밖에도
맹맹한 맹물 때문이었다 맹물은
멋대로 모난 고집불통을 강물 속으로
밀어 넣었다 더 뾰족한 각을 가진 것들이
올챙이처럼 우글거리는 물속에서 서로
몸 부딪치면 뒹구는 사이 드디어 얼굴은
양악 수술 한 듯 둥글어졌다 어느새
날씬한 몸매로 찰방찰방 물 위를
걸어 다닐 수 있게 된 경신술의 고수
수제비 돌
요즘은 하루 종일 물가에 앉아 물새들
발자국 찍어주는 모래와 친구 맺는 중이다
강물에 어리는 산 그림자 바라보며
소리 없이 흘러가는 물소리나 들으면서

헛소문 사라진 지도 꽤 됐다

고물 자동차

언제부턴가 자동차가 이상하다

벨트를 교환하면 오일이 새고
시동을 걸 때마다 엔진이 캑캑댄다
가끔씩 타이어도 펑크다

정비사 말로는
연식이 오래되면 다 그렇단다

폐차할 때는 아니니 고쳐가며 타란다

빈 술병

쏟아낼 건 다 쏟아내고
비울 건 오래전에 비워버렸다
욕망 가득했던 배 속은 바람 소리뿐

한때는 고지에 깃발을 꽂고
때로는 쓰러져 상처도 입었지만
이제 뒤흔들 산천 나설 전장이 없다

전설 같은 무용담은
사방 어디에도 들어줄 사람 없는
낯선 거리 낯선 술집의 흘러간 노래

그래도 예쁜 색시만 보면
나 여기 있노라, 휘익 휘파람 불어보는
늦저녁 술청 빈 술병들

마른 꽃

바라볼수록 그 시절 이야기 생각나게 하는
앨범 속 흑백사진처럼 긴 사연 간직한
자태만큼은 옛날 그대로 남아있는

한때는 어떤 꽃보다 더 꽃이었던
이제는 벌 나비 찾아오지 않는
물기 사라진 지 제법 오래된

그래도 꽃이고 싶은
거실 벽에 걸린
정물화 같은

빛바랜
마른
꽃

안녕, 늙은 텔레비전

십몇 년 같이 지내던 텔레비전을 명퇴시켰다 버튼만 누르면 언제든 깨어나 세상만사 모르는 게 없는 것처럼 떠들던 식구나 다름없던 친구였다

처음 올 때만 해도 최첨단 기술에 멋진 디자인이 여간 근사하지 않았다 그전까지 마루를 지키던 수동식과는 비교가 안 되는 멋쟁이 신상이었다

그런 그도 세월은 어쩌지 못하겠는지 자꾸 찍찍거리더니 가끔 기절까지 했다 의사를 불러 치료해 주었지만 늙고 병든 몸이라 백약이 무효였다

할 수 없이 이별을 결심했다 애써봐야 돌이킬 수 없다면 헤어지는 것도 방법이었다 새 텔레비전이 들어오자 옛 친구는 금방 잊혔다, 누구처럼

자위를 하다

등허리에 파스 붙이며 알았다

내 몸도 내 손 안 닿는 먼 곳이 있다는 것

근육에도 불수의근不隨意筋이 있듯

머리나 가슴도 그렇다는 것

그러니 뜻대로 안 된다고 화내지 말라는 것

나의 여자관계

고백건대 나는 여자관계가 좀 복잡하다

할머니에게는 손자 외할머니에게는 외손자 어머니
에게는 아들 백모 숙모 고모 이모에게는 조카 누나
에게는 남동생 여동생에게는 오라비 아내에게는 남
편 딸에게는 아빠 손녀에게는 할아버지 선생님에게
는 제자 동창에게는 친구 후배에게는 선배 첫사랑
그녀에게는 애인 은행 창구 여직원에게는 고객님 술
집 주모에게는 아저씨다

나를 여자 없이 못 사는 사내라는데 사실이다
나는 이날 입때껏 뭇 여자의 치마폭에서 살았다
누가 여자의 웃음과 은애에서 벗어날 수 있단 말
인가

알아봤더니 우리 집안 내력이 할아버지 아버지 형
님 사촌들도 그렇다고 한다

유구무언

등심을 구워 먹다가 궁금해서 스마트폰으로 검색
했다

등심은 소 돼지 양의 등쪽 부분의 고기다 소의 도
체에서는 마지막 흉추와 제1요추 사이를 직선으로
절단하고 배 최장근의 바깥쪽 선단 5cm 이내에서 평
행으로 절개하여 갈비 부위와 분리한 후 흉추와 경
추를 발골하고 제7경추와 제1흉추 사이에서 배선과
수직으로 절단하여 생산하되 견갑골 바깥쪽의 광배
근은 제외하며 과다한 지방 덩어리를 제거하여 정형
한다

저 빨간 석쇠 위에 내 등심을 올려놓으면 어떨까

요설饒舌을 늘어놓던 혓바닥이 굳었다

개밥과 도토리

동창회 나갔던 아내가 일찍 들어왔다

누구는 반지가 크고
누구는 명품 가방 들었고
누구는 은여우 목도리 둘렀고
누구는 주름살 펴 처녀 같아졌는데
자기만 으쓱할 게 없었다

기죽지 않으려고 잘난 척하는 것들에게
한마디 했다고 했다

개밥들아 잘 놀아라 도토리는 들어간다

사족 蛇足

발이 없어야 뱀은 아니다

뱀의 꿈인 용은 발이 네 개다

뱀의 발은 용이 되려는 징후

비웃지 말라, 발이 없으면 그냥 뱀이다

간담肝膽 사용법

토끼가
용궁 갔다 살아 돌아온 것은
간을
나무에 걸어두고
갔었기 때문이라 한다

남자가
바깥에서 잘 버텨내는 것은
쓸개를
집 안에 놔두고
나왔기 때문이라 한다

박쥐

하루에 한 찻숟가락
피를 먹어야 사는 흡혈박쥐

굶주린 친구 만나면
흡혈한 피 뱉어 나눠준단다

사람인 나는 누구를 살리려
내 밥 나눠준 적 있던가

멀고도 가까운
흡혈박쥐 헌혈박쥐 그 사이

답안지

불교학자 이기영 선생에게 어떤 기자가 당돌한 질문을 했다

정년도 하셨고, 얼마 전에는 절친하셨던 서경수 선생께서 별세했습니다 곧 죽음이 찾아온다면 어떻게 하려는지요?

한참 눈 감고 생각하던 그는 종이 구겨지듯 버석한 목소리로 이렇게 대답했다

때 되면 답안지에 이름 석 자 써놓고 나가는 거지

본심本心에 공명하는 시간

정효구 문학평론가·충북대 교수

1. 본심을 보는 마음

언제나 본심이 문제이다. 본심은 처음부터 그 자리에 그대로 있으면서 한 번도 다른 기색을 보인 적이 없지만 사람들은 언제나 본심과 먼 거리에서 날마다 다른 생각으로 천변만화의 표정을 지으며 얼룩덜룩하다.

홍사성 시인은 본심을 본 사람이다. 아니 본심을 보고자 하는 사람이다. 본심은 본 것 같지만 그 전모를 드러내기 어렵고, 보지 않고서는 내면의 갈증을 영원히 해결할 수 없는 신비한 존재이다.

개인적으로 홍사성 시인을 남다르게 여기는 데는 뚜렷한 한 가지 이유가 있다. 그것은 그가 우리 시단의 많은 다른 시인들과 구별되게 본심을 시 쓰기의 본처에 두고 있는 드문 시인이기 때문이다. 본심을 보고, 본심을 마음의 한가운데에 품어 안고 사는 사람이나 시인은 그가 무슨 일을 하고 어떤 형태의 시를 창작하든지 간에 이미 그 자체로 어떤 뛰어난 언어학이나 수사학도 감당할 수 없는 '좋은 힘'을 갖고 있는 것이다. 특히 시를 두고서 시의 일이야말로 언어와 기교의 차원이 아니라 무엇보다 정신의 일이고 의식의 일이며 영혼의 일이라고 말하는 것이 허용된다면, 본심을 심중에 두고 시를 쓰는 시인은 시의 본질에 남보다 먼저 깊이 다가가 있는 셈이다.

조금 과격하게 말하자면 나에겐 시나 문학에서의 언어와 수사의 문제도 실제로는 그 이전의 정신의 일이자 의식의 일이고 영혼의 일이라고 생각된다. 언어와 수사란 그것이 어떤 마음을 거쳐서 나왔느냐 하는 것이 문제이고 어떤 마음자리에서 탄생하였느냐 하는 것이 본질적이기 때문이다. 따라서 본심을 심중에 두고 시 쓰기를 하는 시인은 그 언어와 수사가 화려하지 않더라도 그 언어와 수사에 깃든 기운이 좋고 또한 매력적이다.

홍사성 시인의 제3시집에 해당되는 이번 시집 『터널을 지나며』에서는 특별히 1부에 수록된 작품들이 본심을 보고, 본심을 아끼고, 본심을 사랑하고, 본심을 소중히 여기며, 본심과 동행하고자 하는 시인의 각성된 심경을 간절하게 담고 있다. 이 글의 첫 문장에서부터 키워드로 삼아서 사용하고 있는 '본심'이란 말을 홍사성 시인이 전 생애에 걸쳐 적을 두고 일구며 살아온 불교 혹은 불교문화적 함의 속에서 사용해 본다면, 이 시집의 1부에 수록된 작품들은 그가 아주 오랜 기간 동안 심혈을 기울여 탐구해 온 본심의 경지를 여실하게 반영한 불교시이다. 이 1부를 통하여 나타난 그의 본심 탐구와 본심에 대한 사랑은 이를 불교시의 영역에서 사유할 때 더욱 깊게 이해된다.

1부의 맨 앞에 수록된 작품은 「불사佛事」이다. 실로 불교인과 불교시의 궁극은 삶과 시 전체가 '불사'가 되는 것이다. 그렇다면 '불사'란 무엇인가? 그것은 붓다의 일, 붓다를 위한 일, 붓다를 닮는 일, 붓다를 행하는 일이다. 달리 말하면 '본심'으로 일체의 삶과 시가 물들고 중생重生되는 일이다.

홍사성 시인은 1부의 맨 앞을 장식하고 있는 「불사」라는 작품에서 '불사'의 본원을 '살림'의 마음으로 해석하여 전달한다. 김천 직지사의 중창불사를 하던 중에 '황학루'를 비스듬하게 지은 것은 그 연원이 이미 그곳에 있었던 개살구나무 한 그루를 살리기 위한 처사였다는 것이 이 시의 전언이다. 개살구나무 한 그루는 여기서 사찰의 중심 누각인 황학루와 대등하다. 아니, 황학루와 동행하는 '화엄세계'의 '불화佛華'이다.

이렇게 시작된 1부의 '불사 전언'이자 '불사 담론'은 이후의 작품으로 가면서 계속하여 진경을 펼쳐 보인다. 두 번째로 수록된 작품 「어느 가을밤」에서는 달 밝은 가을밤 산속의 암자에 들어온 도둑을 잡기는커녕 그의 지게를 밀어주며 달빛을 따라 조심히 내려가라고 했다는 어느 사찰의 '무외시無畏施 담론'을, 세 번째로 수록된 작품 「진신사리」에서는 고아 출신으로 쪽방에 살던 중국음식점 배달원이 교통사고로 사망한 후에 발견된 그가 도와준 고아들의 명단과 써놓은 장기기증 서약서야말로 진국의 '진신사리'라는 참다운 '보시 담론'을, 네 번째로 수록된 작품 「발밑을 살피며」에서는 '조고각하照顧脚下'의 발걸음에 깃든 실행하기 어려우나 그것만이 진실인 '만행 담론'을, 다섯 번째로 수록된 작품 「한 말씀」에서는 통도사 큰스님이었던 경봉 스님께서 길을 떠나며 법문을 청하는 제자에게 들려주셨다는 오직 한 가지 말씀이 '한눈 팔지 말고 똑바로 가라'는 '일념 담론'이었음을 감동적으로 펼쳐 보이고 있다.

1부의 이와 같은 본격적 '불교시'는 탐진치의 오염된 마음의 자리에서 세상을 보았던 사람들의 묵었던 본심을 죽비 소리나 범종 소리처럼 일깨우고 그들로 하여금 본래 자리로 되돌아가게 한다. 그러면서 평소에 쓰지 않았던 참마음의 근육을 써보게 하고, 사라진 듯 막연했던 참다운 자신을 뜨거운 마음으로 맞이하게 한다.

어찌 보면 불교시는 어렵다. 그러나 그 어려움은 언어의 어려움이 아니라 마음의 어려움이자 관점의 어려움이다. 마음 한번 돌리고, 관점 한번 이동해서 보면, 불교시는 쉬우면서 감동적이다. 그것은 이미 불심의 다른 이름인 본심이 우리 안에 생래적으로 구비되어 때를 기다리고 있기 때문이다.

2. 본심을 듣는 마음

본심을 보는 것과 듣는 것은 사실상 동일하다. 본심을 시각적인 언어로 표현하면 보는 것이 되고, 청각적인 언어로 표현하면 듣는 것이 된다. 눈이 열리든, 귀가 트이든, 감각의 바른 깨어남은 마음의 참된 깨어남이다.

그러나 굳이 구별하자면 본심을 본다고 할 때엔 적극적인 의지나 의욕 같은 주체의 마음이 느껴지고, 그것을 듣는다고 할 때엔 무심하고 여유로운 청자의 기대와 수용의 마음이 느껴진다. 이 둘은 모두 보통 사람들이 '나'라고 하는 좁고 협소한 분별적 자아가 활동을 멈출 때 가능하다. '나'라고 불리는 좁고 협소한 자아는 '에고이즘'의 속성을 안고 있는 존재여서 본심을 바로 보고 듣는 일을 어렵게 한다.

앞 장에서 필자는 시집 『터널을 지나며』의 1부에 해당하는 작품들을 '본심을 보는 마음'이라는 관점에서 읽어보았다. 그러나 미진한 부분이 남아있다. 그것은 1부에 깃든 본심의 탐구에 담긴 시인의 공력과 사랑 때문이다. 그리하여 다시 '본심을 듣는 마음'이라는 한 장을 마련하고 1부의 시를 보충해서 읽어 나아가기로 한다.

'본심을 듣는 마음'은 본인이 청자가 되고 상대가 화자가 될 때 가능하다. 청자로서의 내가 좁고 협소한 에고이즘의 집적물들을 내 안에서 버리면 버릴수록 내 안에 깃드는 청자의 방은 크고 넓고 밝아진다. 가능태로만 말한다면 이와 같은 성격을 지닌 청자의 방은 무한의 넓이와 무변의 공간까지 확대될 수 있다. 그리고 허공처럼 맑아지고 밝아질 수 있다.

시집 『터널을 지나며』의 1부를 보면 여러 작품에서 훌륭한 수준의 청자가 등장하여 본심의 소리를 듣는다. 그 소리는 평소에 자신의 소리에 집착하느라고 제대로 듣지 못하던 실제의 소리이자 타자들의 소리이다.

이와 같은 1부의 작품 가운데 먼저 「난청」에 관심이 간다. 시인은 이 작품에서 우리들이 처한 난청의 현실을 지적하며 참다운 소리들을 열거해 보인다.

들어보셨는지

낙산 봄바다 밤마다 출렁대는 소리
여름 설악산 비바람 몰아치는 소리
포천 명성산 억새 몸 비비는 소리
청주호 살얼음 위 눈 내리는 소리
섬진강 칠백 리 강물 흘러가는 소리
순천 선암사 뒷간 똥 떨어지는 소리

그 소리가 뭐라 말하는지

─「난청」전문

여러분은 이런 소리를 들어보았는지요? 자신을 비워 스스로 만든 크고 넓은 청자의 방 안에 이런 소리들이 찾아오게 한 적이 있는지요? 또한 자신이 내는 소음에 가까운 소리가 잦아들수록 이런 소리들이 주인공이 되어 살아 생동하는 현장을 경험해 보았는지요? 내친김에 한 가지 더 질문한다면, 이런 소리들이 우주의 실제라고, 자신의 우주관과 세계관을 재정비해 보았는지요?

앞의 인용 시가 언표 아래 담아놓고 있는 숨은 전언을 필자가 대변인처럼 전달해 보면 위와 같은 물음들이 나올 것이다. 그러나 앞의 인용 시 속에 드러난 세계의 참된 소리들의 목록은 지극히 적은 일부분에 불과하다. 세상은 소리들의 바다이고, 그 소리들의 목록은 무한하다. 하지만 하나를 깨치면 모든 것에 도달하는 것이 깨침의 이치이니 앞의 인용 시 속의 목록들은 오히려 너무 많고 수다스러운 것인지도 모를 일이다.

홍사성 시인은 1부의 또 다른 작품 「영은암」에서 이런 소리를 새로운 차원에서 다시 엿듣게 해준다. 그리고 보면 그는 소리의 '소식통'으로서의 시인이다.

솔밭 사이 바람 지나가는 소리

마루 밑에 귀뚜라미 우는 소리

창호문 위 달빛 쏟아지는 소리

빈방 가득 혼자 끓는 찻물 소리
 ―「영은암靈隱庵」 전문

소리는 물론 다른 것들을 소리로 치환해서 들을 수 있
는 능력이 위 시에 있다. 과학자들에 의하면 세상은 진동
과 울림의 장이다. 쉽게 말하면 소리들의 향연장이다. 그
런 향연의 장으로 위 시는 우리를 초대하고 싶어 한다.

1부에서 '본심을 듣는 마음'을 사유할 때 다시 관심을
강하게 이끄는 작품은 맨 마지막에 수록된 「청우聽雨」이
다. 빗소리를 듣는다는 뜻의 제목을 가진 이 작품에서 시
인이자 화자는 옛 절 마루에 앉아 시든 파초잎에 떨어지
는 가을비 소리를 혼자 듣는다. 옛 절의 깊이, 그 절 마루

의 편안한 열림, 시든 파초잎의 순한 넓이, 혼자 듣는 이
의 고적한 자유, 이런 것들이 어우러지면서 '가을비 소리'
가 본심의 떨림과 울림을 알린다.

1부에서 본 장의 주제와 관련하여 읽고 넘어가야 할 또
다른 작품이 「염화미소를 보다」이다. 서울 삼각산 삼천
사 마애불의 '염화미소'를 그려 보인 작품인데 이 마애불
의 염화미소야말로 어떤 간섭도 없이 오직 세상을 '듣기
만 하는 청자'의 표정이다. 자기 자신이 아무런 말을 하고
자 하지 않고 빈 거울과 같은 청자가 되어 그 방에 본심의
소리만을 들여앉히고자 할 때, 그때 나타나는 표정이 '염
화미소'라고 볼 수 있기 때문이다.

염화미소의 자리에선 나와 너, 이 말과 저 말, 이 해석과
저 해석이 필요하지 않다. 그냥 세계는 하나의 참다운 소
리들의 장이고, 그 소리들의 장에서 모든 존재들은 저마
다의 미소를 지으며 흘러갈 뿐이다.

3. 본심을 행하는 시간

홍사성 시인의 시집 『터널을 지나며』에서 1부의 작품
은 '불교 이론'과 같은 '이판理判'의 세계에 해당된다. 그

리고 나머지 작품들은 '실천불교'이자 '생활불교'와 같은 '사판事判'의 세계에 해당된다.

무슨 과목에서든 이론과 실제가 상호 융합하며 상생해야 하는데 실로 이 일은 쉽지 않다. 특히 이론을 정통으로 수준 높게 공부하였다 하더라도 실제의 영역에 가면 뜻대로 되지 않는 경우가 대부분이다. 그만큼 인간이란 존재는 진화사의 관점에서 보더라도 생존 카르마와 생명 카르마에 갇혀있으며 현상계의 개아個我와 실제계의 참나 사이의 깊은 심연과도 같은 거리를 감내해야 하는 난처한 존재이다.

개인적으로 말한다면 이론 과목은 쉽다. 그러나 실천 과목은 어렵다. 더군다나 그것이 생활 실천의 영역으로 진입하면 정말로 이론 공부가 무색해진다. 그렇더라도 본심을 아는 이와 그것을 모르는 이 사이엔 천지간의 차이처럼 큰 격차가 있다. 그리고 그것을 지향하는 이와 그러지 않는 이 사이엔 시간이 흐를수록 강폭처럼 넓은 거리가 생긴다.

홍사성 시인의 시집 『터널을 지나며』의 1부에 이어지는 다음 부의 작품들을 우선 '본심을 행하는 시간'이란 관점 아래서 만나보기로 한다. 삶 속으로, 생활 속으로, 일상 속으로, 거리 속으로 내려온 그의 이 작품들은 한결같이 어떻게 하면 본심을 행하는 시간이 될 수 있을까를 고민하며 그 순간들을 표현하고 있기 때문이다.

생활과 거리 속에서 본심은 인간적 생존 카르마와 생명 카르마에 쫓기어 그 자취를 찾기 어려울 때가 대부분이다. 매 순간 깨어있으라는 경전의 말씀은 잠시 동안조차 깨어있기도 어려울 만큼 무력해지기 쉽다. 그런 점에서 본심을 행하는 시간에 초점을 맞추어 시를 쓰고 삶을 되돌아보는 일은 수행의 시간이다. 그렇게라도 멈추는 시간을 마련하지 않고서는 수행은 우리의 동행자가 되기 어렵다.

홍사성 시인은 곳곳에서 본심이 행해진 표정들을 찾는다. 그는 이런 표정들을 전하는 '본심의 배달부'이다. 작품 「따뜻함의 힘」을 보면 따뜻함의 위력을, 「선인장 사랑」을 보면 '무심'의 공덕을, 「동행」을 보면 동지에 이르는 인내를, 「꽃들에게」를 보면 수희찬탄隨喜讚嘆의 감격을, 「산이 산에게」를 보면 위로와 포용의 위대함을, 「날마다 좋은 날」을 보면 살아있음의 가피를, 「북경 서커스」를 보면 연민의 전율을, 「예쁜 꽃」을 보면 지족知足의 여유와 격조를, 「애감자」를 보면 목숨에 대한 연민의 아름다움을,「책 두 권」을 보면 삶이란 '덕분'의 연속임을,「문밖에는 함박눈이」를 보면 포용의 기적을,「심인尋人 1」과「심인尋人 2」를 보면 무주無住의 이타적 공덕을,「공양」을 보면 자발적 살림의 감격을,「발바닥에 대한 예의」를 보면 낮은 것의 근본 공덕을,「성자의 길」을 보면 부성의 성스러움을, '본심'에서 나아가고 본심으로 수렴되는 드문 수행의 표정들로 알려주고 있다.

본심은 매일 방문하고, 매일 사용하며, 매일 행동으로 옮겨야 그 존재를 지키고 키우고 풍요롭게 할 수 있는 빈터와 같다. 그것은 숨김없는 진실로서 우리가 행한 그대로 우리 몸과 우주 속에 기억되고 체크되고 살아 활동하는 다르마의 인과율이다.

홍사성 시인에게 이런 본심의 체화와 그 정진의 과정은 '시 쓰기'를 통해 도약한다. 그에게 시 쓰기와 본심으로 가는 길은 다르지 않기 때문이다.

이렇게 말하고 보면 홍사성 시인이나 우리 모두나 할 일과 갈 길은 많고 멀지만 그 일과 길을 통해 비로소 인간된 자의 보람을 조금이나마 느낄 수 있는 것이다. 실로 본심이 우리를 부르지 않고 그 본심으로 우리가 다가가는 시간이 없다면 삶도 시도 얼마나 허약하고 부박하겠는

가. 홍사성 시인의 '본심을 행하는 시간'들은 이런 우리의 보람을 새롭게 자각하고 가꾸도록 이끈다.

4. 본심을 전하는 시간

홍사성 시인의 시집 『터널을 지나며』는 앞 장에서의 '본심을 행하는 시간'을 '본심을 전하는 시간'으로 연속시킨다. 사람들은 수많은 것들을 정보의 이름으로, 지식의 이름으로, 진실의 이름으로 전한다. 그렇지만 그 가운데서 가장 강력하고 환희로운 전달은 '본심'을 전하는 일이다.

본심을 전하는 것을 가리켜 '도道를 전한다'는 뜻에서의 '전도'라고 말하기도 한다. 진리의 다른 이름인 '도'는 그만큼 묵은 과제이자 현재의 과제이고 동시에 미래의 과제이다.

어떻게 하면 이 진리를 전할 수 있을까? 그것은 이를 본 사람이, 이를 들은 사람이, 이를 행한 사람이 자발적인 소망 속에서 시도할 때 가능한 일이다. 이런 진리 혹은 본심은 아무리 전해도 끝이 없다. 작고 협소한 에고이즘의 자아를 넘어서서 크고 광대한 전체성의 자아이자 우주적인 자아의 마음을 쓰고 전하는 일은 '나'의 무한한 확장과 지혜를 만나게 하는 일이기 때문이다.

홍사성 시인의 시집 『터널을 지나며』의 뒷부분에 수록된 작품에선 이런 '본심을 전하는 시간들'이 대부분을 차지한다. 그는 일상의 평범한 소재를 사용하는 것 같으면서도 그 안에 이런 시간을 마련하고 있다.

작품 「지중해」에선 바다처럼 깊은 삶의 깊이를, 「설악산 소나무」에선 언제나 푸르고 큰 소나무의 항상심을, 「장백폭포」에선 처절한 수행의 영원성을, 「함경도 누이」에선 만유의 불이성不二性을, 「벽」에선 어떤 벽도 무너지게 되어있는 생성과 해체의 무상성을, 「진부령 편지」에선 자연스러운 본심의 속도를, 「홍생전」에선 자기긍정과 위안을, 「맷집 - 어느 종쟁이의 말」에선 기교보다 소중한 저력을, 「수제비 돌 초상肖像」에선 둥글어지고 자연스러워진 삶의 품격을, 「고물 자동차」에선 현실의 편안한 수용과 그 지혜를, 「안녕, 늙은 텔레비전」에서는 만남과 헤어짐의 묘용을, 「사족蛇足」에선 시시한 것들의 크나큰 역할을, 「답안지」에선 이기영 선생이 들려준 죽음론의 고처高處를 통하여 본심을 전하고 있다.

이렇게 '본심을 전하는 시간'의 관점에서 홍사성 시인

의 시를 이야기할 때 시집의 제목이기도 한 작품 「터널을
지나며」를 따로 살펴볼 필요가 있다.

　터널은 어둠의 길이다

　서울에서 양양까지 가는 고속도로
　수도 없이 거푸 입 벌리고 있는
　터널 속에서는 속도 제어가 안 된다
　자동차들은 어둠에서 벗어나려고
　꼬리에 불붙은 노루처럼 기를 쓰고 달린다

　터널 뚫던 사내들이 그랬을 것이다
　하나를 뚫으면 다시 맞대면해야 하는
　막장, 그 막막한 어둠은
　절망과 한숨의 은산철벽
　그럴수록 어금니 악물어야 했다
　땀 묻은 곡괭이질로 곰 굴 파듯 악착같이
　파나가야 했다 다른 수가 없었다
　그 끝, 손바닥만 한 하늘에서 쏟아지는
　황금화살에 꽂힌 금빛 고슴도치가 되는

고통의 순간만이 위로였다

오늘도 늑대처럼 쫓아오다 사라지는
공룡 배 속 같은 긴 어둠의 길
백미러로 힐끔 돌아보며
사내들은 다시 액셀러레이터를 밟는다

터널은 어디에나 있지만 어디에도 없다
　-「터널을 지나며」 전문

　위 시에 기대어 본다면 홍사성 시인도 우리들 모두도
끊임없이 맞대면해야만 하는 터널들의 연속 속에서 살
아간다. 그 터널들은 언제나 '절망과 한숨의 은산철벽'처
럼 만만하지 않은 장벽으로 눈앞에 두렵게 다가서지만,
사람들은 그것을 타파하지 않으면 터널 바깥은 말할 것
도 없고 다음 터널조차도 맞이할 수 없기에 앞을 보고 달
려간다. 이 즐비한 도전의 길 위에 우리 모두는 꼬리를 문
대열처럼 늘어서서 달려가는 것이다. 그것은 아픔이기도
하고 비애이기도 하지만 희망이기도 한 것이라고 시인은
은밀히 전한다. 그러면서 우리들의 마음속에 본심이 부

르는 소리가 있고 그것을 향하여 다가가는 시간이 있는 한, 터널은 어디에나 있지만 어디에도 없는 역설의 존재라고 말한다.

홍사성 시인의 이번 시집을 통하여 필자를 포함한 독자 여러분들의 마음속에, 그리고 우리들이 살아가는 이 세상에 '본심'이 봄날의 꽃동산처럼, 가을날의 성숙한 강물처럼 붉게 피어나고 푸르게 흘러갔으면 하는 바람을 가져본다.

홍사성

강원도 강릉 출생.
2007년 《시와시학》 등단.
시집 『내년에 사는 法』 『고마운 아침』.
sshong4@hanmail.net

터널을 지나며

—

초판 1쇄 2020년 12월 1일
지은이 홍사성
펴낸이 김영재
펴낸곳 책만드는집

—

주소 서울 마포구 양화로 3길 99, 4층 (04022)
전화 3142-1585·6
팩스 336-8908
전자우편 chaekjip@naver.com
출판등록 1994년 1월 13일 제10-927호
ⓒ 홍사성, 2020

—

* 이 도서는 한국출판문화산업진흥원의 '2020년 출판콘텐츠 창작 지원 사업'의 일
환으로 국민체육진흥기금을 지원받아 제작되었습니다.

—

ISBN 978-89-7944-747-7 (04810)
ISBN 978-89-7944-354-7 (세트)